Sophie in the Saddle

ソフィーは乗馬がとくい

ディック・キング＝スミス 作
デイヴィッド・パーキンズ 絵
石随じゅん 訳

評論社

SOPHIE IN THE SADDLE

Written by Dick King-Smith
Illustrated by David Parkins

ソフィーは乗馬がとくい――もくじ

「いい顔してるね」と、
ソフィーが言いました。(76ページ)

ソフィーは乗馬がとくい

装幀／川島　進（スタジオ・ギブ）

子犬の〝シッコ〟

ソフィーのたんじょう日は、十二月二十五日。ソフィーは、それがじまんです。ずーっとむかし、といっても、ソフィーがまだ四才だったときに、ふたごのお兄ちゃんのマシューとマークに、こう言ったことがあります。

「クリスマスに生まれた女の子ってさあ、あたしだけだよね」

すると、お兄ちゃんたちは言いました。

「そんなわけないだろ」

「じゃあ、ほかにだれがいる？　言ってみて」

お兄ちゃんたちは顔を見合わせ、やがてマシューが、

「わかった！」

と言うと、マークも、

「おれも、わかった！」

それから、ふたりそろって大声で言いました。

「イエス・キリスト！」

するとソフィーは、いかにもけいべつしたように言いました。

「イエス・キリストは、女の子じゃないよ」

ソフィーは、お父さんとお母さんのところに行って聞いてみましたが、ふたりの答えはこうでした。世《よ》の中では、一年のうちのどの日にも、何千何万もの赤ちゃんが生まれている。もちろんクリスマスの日にも、と。

「だから、あなたと同じたんじょう日の女の子は、たくさんいるはずよ」

お母さんは、そう言いました。

「でもさあ、そのなかで〈女牧場《ぼくじょう》マン〉になろうと思ってる子は、あたしだけだよね」

「そうだなあ、そうなると人数はしぼられる。しかし、おまえと同じ野望《やぼう》を持《も》った女の子も、何人かはいるだろうな」

お父さんも言いました。

「ヤボウって、何？」

「こうしたいと、心に決《き》めていることだよ」

ソフィーは小さいながら、一度《いちど》心に決《き》めたらやりぬく子です。だから、この問題《もんだい》も、みんながみとめるまで、あきらめませんでした。

「世界《せかい》じゅうで、あたしだけだよね。クリスマスの日に生まれた女の子で、〈女牧場《ぼくじょう》マン〉になりたくて、ハナコって名前の牛と、エイプリルとメイって名前のメンドリと、チビって名前のポニーと、ハシカって名前のブタを飼《か》おうと思ってる子は」

「ああ、たしかに。ソフィーの言うとおり」

みんなは、みとめました。

それから二年たちました。ソフィーはもう六才、ふたごのお兄ちゃんたちは八才になりました。先に生まれたマシューがマークより十分間《じっぷんかん》〝年上〟なのは、かわりません。

大きくなったら〈女牧場《ぼくじょう》マン〉になるというソフィーの決心《けっしん》も、かわりません。この二年間、そのためにお金《かね》をためています。ソフィーのちょきん箱《ばこ》には、こう書いた紙がはってありました。

ぼくじよう　ちよきん
ごきようろく　かんしやします
そふいー

学校へ行くようになって、ことばと字をだいぶおぼえたので、今は、こうかわっています。

ぼくじょうちょきん
ごきょうりょく　かんしゃします
ソフィー

このちょきん箱《ばこ》には、十ポンド十ペンスもはいっていたことがありますが、ペットの首輪《くびわ》と引きづなを買うのに、三ポンド使《つか》ってしまいました。ソフィーのペットは、黒ネコのトムボーイと、白ウサギのビーノ、それから、まだ名前のない子犬です。せいかくに言えば、子犬は家族《かぞく》みんなのものですが、ソフィーはすっかり自分のものと思っています。

子犬は、ソフィーの六回めのたんじょう日、そして七回めのクリスマスでもある日に、この家にやってきました。

ソフィーは、ウサギのビーノに首輪《くびわ》と引きづなをつけて、庭《にわ》をさんぽさせたことがありました。芝生《しばふ》に打《う》ちこんだ鉄《てつ》くぎに引きづなをむすんで、ウサギがそのまわりの草を食べられるようにして。

「あの首輪《くびわ》と引きづなが、子犬に使《つか》えるんじゃない？」

家に子犬がやってきた日の夜、お母さんがそう言いましたが、ソフィーは、

「だめ」

「ビーノにはひつようないだろ？　冬は、あったかい小屋《こや》におさまってるし、夏は、何かべつのひもでつなげばいいんだから」

お父さんも言いました。それでも、

「だめ」

「どうして？」

みんなが聞きました。

「だってさあ、あれは、あたしの牧場《ぼくじょう》ちょきんで買ったんだよ。だから、あたしのもの。子犬はみんなのものでしょ？　だから、売ってあげるならいいよ。

みんなが、あたしにお金《かね》をはらってくれるならうね」

「おれは、はらわないよ」

と、マークが言うと、マシューも言いました。

「おれも、はらわない」

「いくらだい？」

お父さんが聞きました。

ソフィーは、鼻《はな》の頭を指《ゆび》でこすりました。いっしょうけんめい考えているときのくせです。

「両方《りょうほう》で、三ポンド十五ペンス」

「あなたは、いくらで買ったの？」

お母さんが聞きました。

ソフィーは、うそをつくのがきらいなので、しょうじきに答えました。

「三ポンド」

「新品《しんぴん》で買ったときより、高いの？」

「買うの、買わないの？」

ソフィーがせまりました。

お父さんは、くわえていたパイプをはなし、感心《かんしん》して口笛《くちぶえ》をふきました。

「たいした商売人《しょうばいにん》だ！ 市場《いちば》で買いものをしているようだよ。こっちも、ねぎらないといけないな」

お父さんのことばに、ソフィーは、

「あたし、ネギはきらいだよ」


ソフィーは、クリスマスツリーのわきにすわっています。そのひざには、子犬をだいています。小型《こがた》のテリアで、体《からだ》はまっ白、右目のまわりだけに黒いもようのある子犬です。

「おまえには、まだ名前がないねえ」

ソフィーが話しかけました。すると、お父さんが言いました。

「フックってのは、どう？」

「どうして？」

「黒い眼帯《がんたい》をしてるみたいで、海賊《かいぞく》のフック船長《せんちょう》に似《に》てるじゃないか」

「それなら、眼帯《がんたい》のガンちゃんのほうがよくない？」

お母さんも言いました。

「黒マークってのは、どう？」

と、マシューが言うと、

「または、黒マシューは？」

とマークが言って、げらげらわらいだしました。

「ふたりとも、まったく……」

ソフィーが言いかけると、ふたりがつづけました。

「わかったわかった、〝ワッカ・ラーン・チーン〟だろ！」

ひょうしをつけてそう言うと、床《ゆか》をころげまわって大わらい。

「ほんとに、ブチだよ！」

「それを言うなら〝無知《むち》〟だろ？」

「どっちでもいいよ！」

と、ソフィー。

ソフィーは、子犬をひざからおろして立ち上がると、部屋《へや》からどたどた出ていこうとしました。まるまった背中《せなか》は、きげんがわるいしょうこです。

「ねえソフィー、あなたが名前を考えてちょうだい」

お母さんがよびとめると、お父さんも言いました。

「なんといっても、おまえがこの子犬を気に入ったんだからな。アンドリューのお父さんから、そう聞いたよ」

ソフィーの友だちのアンドリューの家は、牧場《ぼくじょう》です。その牧場《ぼくじょう》の犬のルーシーが、この子犬のお母さんなのです。

ソフィーは、くるっとふりかえって聞きました。

「どんな名前でもいい？」

「いいわよ」

「やくそくする？」

「ええ、やくそくするわ」

そのとき、子犬が部屋《へや》のすみへ歩いていったと思うと、そこにすわりこみ、カーペットの上に水たまりをつくりました。

「見ろよ！」

お兄ちゃんたちが大声をあげました。

ソフィーは鼻《はな》の頭をこすっていましたが、やがて、ぽつりと言いました。

「それだね」

「何が？」

お父さんとお母さんが聞きました。

「この子が今したこと。それで名前を思いついたの」

「どんな?」

「シッコだよ。シッコってよぶことに決《き》めた」

「ソフィーったら!」

と、お母さん
「げげっ!」

と、お兄ちゃんたち
「かわった名前だなあ!」

と、お父さん。

「やくそくしたよね」

と、ソフィー。

そういうわけで、子犬の名前は〝シッコ〟になりました。

シッコがおぼれる！

子犬のシッコは、名前とはちがって、それからあとは、一度《いちど》もおもらしをしませんでした。クリスマス休みがすぎて、学校がはじまるまでには、トイレのしつけがおわったからです。

ソフィーががんばったからでした。ソフィーは、タカのような目でシッコを見はっていて、少しでもそわそわしたり、床《ゆか》にしゃがもうとしたりするたびに、だきあげて、庭《にわ》へ連《つ》れていきました。

シッコのしつけができたのは、アルおばさんのおかげでもありました。アルおばさんというのは、子どもたちの大《おお》・大《おお》おばさんにあたる人で、とくにソフィーとは、大《だい》・大《だい》なかよしでした。もうすぐ八十二才になりますが、子どものような心を持《も》ったおばあさんです。

アルおばさんの家は、スコットランドの〝高地〟という、なぞのような名前の地方にあります。そこに住《す》んでいる人たちは、いつでも世界《せかい》じゅうを見下ろしているんだろうと、ソフィーは思いこんでいます。

アルおばさんのおかげで、ソフィーは、まよいこんできた黒ネコを飼《か》えることになりました。その黒ネコは、はじめトム（〝オスネコ〟の意味《いみ》）という名前でしたが、赤ちゃんネコが四ひきうまれてメスだったことがわかり、名前もトムボーイ（〝おてんばで元気のいい女の子〟の意味《いみ》）になりました。アルおばさんは、トムボーイがうんだ子ネコのうち、のこったさいごの一ぴきをもらってくれて、オリーと名づけて飼《か》っています。

そのあと、ソフィーに白ウサギのビーノをプレゼントしてくれたのも、アルおばさんでした。

そのアルおばさんから、クリスマスの二日後に、電話がありました。電話をとったソフィーは、こう言いました。

「アルおばさんからだよ。高地から電話がさがってる」

「電話がかかってる、だろ？」

お父さんが言いなおすと、ソフィーはためいきをついて、

「まったく、お父さんったら……」

アルおばさんになら、思ったとおりのことを言えるソフィーですが、お父さんにむかって「ワカランチン」とは言えません。でもねえ、高地は山の上だもの、電話は〝さがって〟くるに決《き》まってるじゃない！　と、ソフィーは思いこんでいます。

「お母さんにかわる？」

ソフィーが言うと、電話のむこうの声が言いました。

「だれにかわるって？　オリーのお母さん？　いいえソフィー、わたしはあなたに話があるのよ」

「そうなの？」

「すてきなプレゼントをもらったんですって？」

「うん、そう。シッコのことでしょ」

「それが子犬の名前？」

「そう」

「そのことよ。家族《かぞく》みんなのペットだそうだけど、お父さんはお仕事《しごと》があるし、お母さんもおうちの仕事《しごと》がいそがしい。お兄ちゃんたちは、ほとんど役《やく》に立たないでしょ。いつもサッカーばかりだものね。だからソフィー、あなたが子犬をしつけなければいけないわ。まだ小さいから、本格的《ほんかくてき》な訓練《くんれん》はできないけれど、少なくとも、家の中で飼《か》うためのしつけをしないとね。どうすればいいかというと……」

そのあと、おばさんは、子犬のしつけかたを教えてくれたのです。

「それからね、おもらしをしても、大きな声でしかりつけたり、おもらしした ところにシッコの鼻《はな》をこすりつけたりしては、だめ。そんなことしても、わからないから。そうそう、カーペットをよごしたら、重曹水《じゅうそうすい》でふくといいわ」

ふたりの電話は、いつものように、さっぱりとおわりました。

「わかった？」

「うん」

「よかった。オリーからも、よろしくって」

「わかった」

「じゃ、さよなら」

「さよなら」

ソフィーが電話を切ると、

「おばさん、なんですって？」

と、お母さんが聞きました。ソフィーはそれに答えずに、

「ねえ、あたしはいつから、ひとりでできたの？」

と、聞きかえしました。

「ひとりで？　ああ、トイレのこと？」

「そう」

「そうねえ、ふたつぐらいだったかしら」

「二か月？」

「二才よ」

「げげっ！」


ソフィーは、子犬をだいて外に出ると、庭《にわ》の芝生《しばふ》におろしました。

「さてと。学校がはじまるまで、二週間しかないんだよ。いそいだほうがいいね」

すると、子犬がおしっこをしたので、

「よし、おりこうさん」

そのとき、

「ニャーン？」

と声がして、トムボーイが、ソフィーの足に体《からだ》をすりよせてきました。ネコを見ると、シッコははりきって、とびかかろうとしました。ところが、はんたいにトムボーイに、耳のあたりをピシャリとたたかれてしまいました。

「ニャーニ、スルニョヨォ！」

トムボーイがそう言ったような気がしました。

「おいで、ビーノにあいさつに行こう。あの子なら、たたかないよ」

ソフィーが言いました。

ビーノは、物置《ものおき》の中に置《お》いた、大きなウサギ小屋《ごや》に住《す》んでいます。ソフィーがもっと小さかったころは、この物置《ものおき》でダンゴムシや、ゲジゲジ、ハサミムシ、ナメクジ、カタツムリなどを飼《か》っていました。

ビーノは、大きな耳をしたピンクの目の白ウサギで、いつも鼻《はな》をひくひくさせています。そしてトムボーイのことを、少しもこわがりません。

ソフィーは、小屋《こや》の入り口をあけ、ウサギをだきあげて、子犬のそばにおろしました。すると、ウサギのビーノが、後ろ足でドスンと床《ゆか》をたたき、おどすようなうなり声をあげました。とたんにシッコは、しっぽをまいて、にげだしました。

「おまえ、みんなにきらわれちゃったね。でも、あたしは、おまえがだいすきだよ」

と、ソフィーは子犬に話しかけました。

学校が休みのあいだに、シッコは、いろいろなことをおぼえました。

してはいけないことと、おぼえること。

○家の中のものを、やたらにかんだり、しゃぶったりしてはいけない。

○ネコとウサギには、ちょっかいを出してはいけない。

○名前をよばれたら、そちらをむく。
○おさんぽ（のようなもの）のときは、ビーノのお古《ふる》の首輪《くびわ》と引きづなをつけて、ソフィーとならんで歩くこと。

新学期《しんがっき》がはじまる日の朝、ソフィーはずいぶん早起《お》きをしました。そして灰《はい》色のプリーツスカートと、灰《はい》色のブラウス、しまのネクタイ、えび茶色のカーディガンのせいふくを着《き》ました。さいしょソフィーは、せいふくがだいきらいでしたが、もう、なれました。

それに、どんな服《ふく》を着《き》ていても、ひととおりペットたちの世話《せわ》をしたら、ほんの三十分で、ぐちゃぐちゃになるのですから。黒いかみの毛はあいかわらずモジャモジャで、今、しげみをおしりからくぐってきたばかりのように見えます。

「ソフィー、ひさしぶりの学校だね。楽しみだろう？」

朝ごはんのとき、お父さんが話しかけました。

「まあね」

と、ソフィー。

学校はほんとうにすきだし、役《やく》に立つことを教えてもらえます。ただし、牧《ぼく》場《じょう》の勉強《べんきょう》をするじゅぎょうがないのと、ペットを連《つ》れていけないのには、がっかりですが。

「お母さん、シッコのこと、ちゃんと見ててくれるでしょう？」

「だいじょうぶよ」

「シッコはまだオソナエだから」

「オソナエ？」

「うん、まだ小さいってこと」

「ああ、オサナイって言いたかったのね」

「ヨウチだってことさ」

マシューが言うと、

「ソフィーと同じさ」

と、マーク。

ソフィーはまだ幼児《ようじ》クラスですが、ふたごのお兄ちゃんたちは、もっと上の学年です。

「友だちもみんな、チビスケだもの」

マシューが言うと、

「そうそう、ダンカンも」

と、マークも言いました。

ダンカンは、背《せ》のひくい太った男の子で、しょうらいソフィーの牧場《ぼくじょう》でやとおう、と決《き》めたこともありました。

「あんな、よわむし」

と、ソフィーが言いました。

「それから、ドーンも」

マシューが言うと、ソフィーは、

「げげっ」

ドーンというのは、金髪《きんぱつ》をきれいにふたつにゆった、かわいらしい女の子です。その子を、いつかは、思いっきりやっつけてやりたいと、ソフィーは思っています。

「あと、アンドリューも」

マークが言うと、

「ソフィーは、アンドリューのことがすきなんだぜ」

お兄ちゃんたちはそう言って、げらげらわらいだしました。

ソフィーがこわい顔をして、いつものわるぐちを言おうとしたところに、お父さんが聞きました。

「アンドリューのうちの子犬は、ぜんぶ売れたんだろうか？」

とたんにソフィーは、お兄ちゃんたちのことなどわすれて、しんけんな顔になりました。

「まだ一ぴきはのこってたよ。一ぴきだけ」

すると、お父さんが言いました。

「いいや、だめだよ、ソフィー。うちでは、これいじょう動物《どうぶつ》は飼《か》えないからな」


ひさしぶりの学校は、いつもどおりでした。ドーンには〝げげっ〟だし、ダンカンはただのよわむしだし、アンドリューはいいやつでした。それに、牧《ぼく》場《じょう》のじゅぎょうもありませんでした。

ルーシーがうんだ子犬はぜんぶ売れてしまった、と、アンドリューが教えてくれました。それから、「こんどの土曜日に、シッコを連《つ》れて、お茶においでよ」ですって！　すてきじゃありませんか。もっとも、「ソフィーをお茶によんでいい？」って、アンドリューからママに聞くように、ソフィーがしむけたのでしたが。

その日の夜、ソフィーはおふろの中で、ゴムでできた、ほんものそっくりのカエルのおもちゃで、遊《あそ》んでいました。シッコは、バスマットの上でヒュンヒュンあまえ声を出しています。どうやら、シッコは名前どおり、水がすきなようです。雨あがりにできる水たまりには、かならずとびこむし、ソフィーといっしょにおふろにはいりたがります。

ソフィーがゴムのカエルのおなかをおして、大きな音をさせると、シッコは大よろこび。お母さんがようすを見に来たとき、ソフィーはシッコに、こう話しかけていました。

「カエルはギョウセイルイだよ」

「〝両生類《りょうせいるい》〟よ」

お母さんが言いなおすと、

「そう言ったでしょ」

そうして、カエルのおもちゃをお湯《ゆ》の中にとびこませて、

「ああ、あたしも、およげるようになりたいなあ」

「あんた、およげる？」

ソフィーは、アンドリューに聞きました。土曜日、アンドリューのうちの牧《ぼく》場《じょう》に遊《あそ》びに行ったときのことです。アンドリューが先頭で、そのつぎがソフィー、その後ろをシッコが歩いています。

「もちろん」

何を聞かれても、アンドリューはこう答えます。もしもソフィーから、「あんた、空をとべる？」と聞かれたとしても、答えはきっと同じでしょう。「もちろん」

「すいすいおよげるよ、ぼく」

アンドリューは、そう言いました。

「マシューとマークは、魚みたいにおよげるんだけど、あたしは、およげないんだ」

ソフィーが言いました。

そのうちに、アヒルのいる池に出ました。大きな池で、岸辺《きしべ》では、たくさんのアヒルが羽をつくろっています。シッコがそれを見て、こうふんして前にとびだしました。すると、アヒルたちはおどろいて、ガアガア鳴きながら、池ににげこみました。それを追《お》って、シッコも池にとびこんでしまいました。

「シッコがおぼれる！」

そうさけんで、ソフィーも池にとびこみました。

このさわぎを聞きつけて、アンドリューのパパがかけつけてみると、たいへんなことになっていました。

岸《きし》の上では、アンドリューが、ころげまわって大わらいしています。池を見

ると、子犬のシッコが、かんぺきなフォームの犬かきで、アヒルを追《お》いかけておよいでいます。そしてソフィーは、池のどろ水の中におへそのあたりまでうまって、立ちつくしているではありませんか！

「アヒルのフンで、どろどろ！」

ソフィーが大声で、うったえました。

「そうして、おじさんが引っぱりあげてくれたの」

ソフィーは家に帰って、そう報告《ほうこく》しました。

「だいぶ、においが落《お》ちたな」

マークが言うと、

「まだ、くさいよ」

と、マシュー。

「はじめてアンドリューの牧場《ぼくじょう》へ遊《あそ》びに行ったときは、牛のフンの上ですってんころりだったわね」

お母さんが言いました。

「いったいどうして、池にとびこんだりしたんだい？」

お父さんが聞きました。

「シッコがおぼれると思ったから。あの子がおよげるなんて、知らなかったんだもん」

「おまえはおよげないんだろう？　もっと深《ふか》かったら、どうするつもりだったんだい？」

「そんなこと、考えなかったよ」

ソフィーが言いました。

マシューとマークは、〝小さいながら、一度決《いちどき》めたらやりぬく妹〟を感心《かんしん》したようにながめていましたが、やがて、ふたりで顔を見合わせてから、声をそろえて言いました。

「おまえは、勇気《ゆうき》があるよ」

ソフィーはニコッとわらって、

「そうかな？」

「とにかく、そろそろおまえも、およぎをおぼえたほうがいいようだな」

お父さんが言いました。

「夏休みになる前にね」

お母さんが言いました。

「どうして？」

ソフィーが聞くと、

「こんどの夏休みには、海に行くのよ」

「わあーい！」

と、ソフィー。

「みんなで行くの？」

「そうよ」

「トムボーイも？」

「いいえ」

「ビーノも？」

「いいえ」

するとソフィーは、きっぱりと言い切りました。

「もしかしてシッコも連《つ》れていけないんなら、あたしも行かない」

「おまえがちゃんと、およぎの練習《れんしゅう》をするなら、シッコを連《つ》れていってもいいことにしよう」

と、お父さんが言いました。

「ちゃんと練習《れんしゅう》するよ」

こんども、ソフィーは、きっぱりと言いました。

すてきな夏休み

ソフィーは言ったとおり、がんばりました。学校では週に一度《いちど》、水泳《すいえい》のじゅぎょうがあります。ソフィーは、学期《がっき》のなかばには、プールの横の長さをおよげるようになりました。

マシューもマークも、みごとなフォームのクロールでおよぎますが、ソフィーのおよぎかたは、お兄ちゃんたちのようにきれいではありません。お兄ちゃんたちは、かけっこが速《はや》くて、スポーツ大会ではいつも優勝《ゆうしょう》。同じように水《すい》泳《えい》でも、一等《とう》をきそっています。

ソフィーは、そのはんたい。犬のシッコが犬かきでおよぐときのように、バシャバシャ水をはねあげておよぎます。なかなか進《すす》まなくてもあきらめず、クジラのように息《いき》をふきあげて、ゆっくりゆっくり。もうすぐ夏休みというころには、プールのたての長さをおよげるようになりました。

ソフィーは、にこにこ顔で学校から帰ってきました。

「なんだか、うれしそうね。いったいどうしたの？」

お母さんが聞きました。

「やったよ！」

と、ソフィー。

「やったって、何を？」

「プールのたてがおよげたの。ちゃんと、およげるようになったよ。だから、シッコも海に連《つ》れてっていいでしょ？」

そこへ、お兄ちゃんたちが走って帰ってきました。いつものように、どちらが先か、きょうそうです。

「お母さん！　ソフィーが、たてをおよいだよ！」

ふたりは、声をそろえて言いました。

「何年もかかるかと思うぐらい、おそいけど」

マシューが言うと、

「でも、ぜんぶ、およいだよ。一度《いちど》も足をつかなかった」

マークも言い、

「あったりまえ」

と、ソフィーが胸《むね》をはりました。ソフィーは、うそやごまかしがだいきらいですから。


お父さんが仕事《しごと》から帰ると、もう一度《いちど》、同じやりとりがくりかえされました。

「よくがんばったな、ソフィー」

お父さんはそう言ってから、お母さんのほうを見て、

「もう、言ってもいいだろう？」

すると、お母さんがうなずきました。

「なんのこと？」

と、三人。

「シッコを連《つ》れていくとなると、いろいろ問題《もんだい》があってね。ホテルや何かは犬はおことわりなのさ。それで、犬連《づ》れでもいいと言ってくれるところに泊《と》まることにしたんだ。海まで五キロぐらいだから、およぎに行くにも近い」

「それに、みんな気に入ってくれると思うわ。とくにソフィーがね」

お母さんが言うと、

「なんで、とくにあたしなの？」

「それはね、みんなで牧場《ぼくじょう》に泊《と》まることになったからよ」

そのあとひびいたソフィーの「わあーい！」は、それまで聞いたこともないほど大きな声でした。

その夜、お父さんとお母さんが「おやすみ」を言いに行くと、ソフィーはベッドにはいって、かべの絵をながめていました。お母さんがかいてくれた四まいの絵です。ハナコと、エイプリルとメイに、チビ、ハシカ。

「あたしたちが泊《と》まる牧場《ぼくじょう》には、ボツボツもようのブタがいる？」

「わからないけど、たぶんね。いろいろな動物《どうぶつ》がいるってことだから」

「牛も？」

「いるだろうね」

「メンドリも？」

「おそらく」

「シェトランドポニーも？」

「シェトランドかどうかはわからないけど、ポニーがいるわ。乗《の》れるんですって」

「わあ、乗《の》れるの」

ソフィーが、うっとりと言いました。

「乗《の》るなら、ちゃんと乗馬《じょうば》の練習《れんしゅう》をしないとな」

「ちゃんと練習《れんしゅう》するよ」

夏休み前の日々がのろのろとすぎ、ようやく、待《ま》ちに待《ま》った、すばらしいしゅんかんがやってきました。車に荷物《にもつ》をつみこんで、一家とシッコは、コーンウォールの海岸《かいがん》へ行くじゅんびができあがりました。

「あたしの長ぐつ、わすれないでね」

したくのさいちゅうに、ソフィーが言いました。

「長ぐつ？　海に行くのに？」

「牧場《ぼくじょう》だよ」

トムボーイとビーノは、二週間のるすのあいだ、しんせつなおとなりの家でめんどうを見てくれることになりました。ソフィーは、二ひきの世話《せわ》のしかたを、こまかに説明《せつめい》しました。

「ビーノ用の干《ほ》し草とペットフードは、たくさん用意してあります。おばさんの家では、いつもどんなパンを食べるの？」

「全粒粉《ぜんりゅうふん》のだけど、なぜ？」

「それなら、ビーノのダイコーブツ。パンのみみを、ときどきやってくれますか？　かるくトーストして」

トムボーイは、ネコ用のくぐり戸をぬけて台所《だいどころ》に出入りすることになっています。

「牛《ぎゅう》乳《にゅう》じゃなく、水をやってね。太るから。でも、かんづめのキャットフードは、ほしがるだけ食べさせて」

「そのほうが太るんじゃないの？」

と、おとなりのおばさんが聞くと、

「いいえ、カンパクシツとタルシウムがたっぷりだから、だいじょうぶ。いろいろあるけど、ウサギ味《あじ》がいちばんすきみたい」

ソフィーは、後ろのシートの、お兄ちゃんふたりのあいだにすわりました。ひざにはシッコをだいて。

シッコはもう九か月、よくしつけられた子犬に育《そだ》ちました。とはいえ、なにせ小型《こがた》のテリアだから、しつけられたといっても、ほどほどにですが。

シッコは、さんぽのときに、つなをぐいぐい引っぱらずに歩くことができます。よばれたら、飼《か》い主《ぬし》のそばに来ることができます。〝おすわり〟ができます。でも、〝待《ま》て〟ができず、すぐ動《うご》きだしてしまいます。動《うご》くことがだいすきなようです。

「海に行ったら、シッコはよろこぶよね？」

と、ソフィーが言うと、

「わたしたちもよろこべると、いいわね。とにかく、お天気がつづいてくれればいいんだけど。雨がふらないように願《ねが》いたいわ」

と、お母さん。ソフィーは、

「でも牧場《ぼくじょう》には、雨がヒツヨウだよ」

するると、お父さんとお母さんが言いました。

「ぼくらの夏休み中だけは、ふらないでほしいなあ」

「そうでなければ、夜だけふるとかね」


ずいぶん長いドライブになりました。ついたころには、ほとんど日が暮《く》れかけていたので、その日は海岸《かいがん》へ行くことができませんでした。

牧場《ぼくじょう》の夫婦《ふうふ》は、みんなを大歓迎《だいかんげい》してくれました。その家には、ソフィーと同じぐらいの年の、ジョーという女の子がいました。

はじめてジョーにしょうかいされたとき、ソフィーは少ししんぱいでした。だいきらいなドーンとはちがうタイプのようでしたが、あんまりかわいらしい女の子なので。

けれども、金髪《きんぱつ》をおかっぱにしたジョーは、やさしい笑顔《えがお》を見せてくれました。それに、長ぐつをはき、よごれた服《ふく》を着《き》ていて、おまけにブタのにおいをプンプンさせています。それで、ソフィーはすっかり安心《あんしん》しました。

つぎの日、ソフィーは朝早く起きて、部屋《へや》のまどから外をながめました。小さな、かわった形の屋根《やね》うら部屋《べや》が、これから二週間のあいだ、ソフィーとシッコの部屋《へや》になります。

まどの外には、牧場《ぼくじょう》の動物《どうぶつ》たちが見えました。メウシが、乳《ちち》しぼりのために、こちらにやってきます。草地にはヒツジたち。ポニーが何頭か、囲《かこ》いの中にいます。庭《にわ》にはアヒルとガチョウたち。それから、ジョーのにおいからすると、どこかにブタが一頭は、いるはずです。

ソフィーは、着《き》がえをして、ぬき足さし足でかいだんをおりました。そのあとに、シッコがつづきます。

ソフィーは長ぐつをはいて、外へ出ました。見ると、ジョーももう起《お》きていて、バケツを持《も》って、庭《にわ》をよこぎってくるところでした。そのあとに、二ひきのコリー犬がついてきます。

「おはよう」

ジョーがそう言うと、牧場《ぼくじょう》のコリー犬たちが、シッコの体《からだ》をクンクンかいで、さかんにしっぽをふりました。

「おはよう。ブタがいるの？」

と、ソフィーが聞くと、

「一頭ね。一頭だけ」

ジョーが答えました。

「ブツブツもようのブタ？」

ソフィーが言うと、

「グロースター・オールド・ブチのこと？」

と、ジョー。

「そう。前に見たの。ロイヤル・エセックス・ノーサンテンでね。あたし、大きくなったら〈女牧場《ぼくじょう》マン〉になって、牧場《ぼくじょう》ケイエイをするんだ。あなたのところのブタ、そのしゅるい？」

「ちがう。今、エサをやりに行くところだけど、いっしょに行く？」

それでソフィーは、ジョーについて歩いていきました。

古いレンガづくりのブタ小屋《ごや》につくと、そこにいたのは、見たこともない、かわったブタでした。うすよごれたような黒っぽい色で、ものすごく太っています。足はとてもみじかく、みじかい首にはしわがたくさん。大きなおなかは、地面《じめん》につきそうなほどふくらんでいます。

「うわぁ！　これ、なんてしゅるいなの？」

「ヴェトナム種《しゅ》だよ。わたしのだいじなペット。パパが、ヴェトナムふうの名前をつけてくれたの」

「どんな？」

「ブン・トイ」

自分もすっかりブタくさくなったソフィーは、朝ごはんをもりもり食べました。そのあとは、みんなで車に乗《の》りこんで、海岸《かいがん》へ出発《しゅっぱつ》です。

海岸《かいがん》は、広々した砂浜《すなはま》になっていました。登《のぼ》って遊《あそ》べる岩も、水たまりもあります。波《なみ》はしずかで、人がたくさん出ていました。雲ひとつない空には、お日さまがかがやいています。

家族《かぞく》ぜんいんが、海にはいっておよぎました。シッコもいっしょに。ソフィーは、海のほうがおよぎやすいと思いました。

マシューとマークがサッカーボールを持《も》ち出すと、あっというまに男の子たちがあつまってきて、浜辺《はまべ》でサッカーがはじまりました。お父さんとお母さんは、砂浜《すなはま》に寝《ね》そべりました。

ソフィーは、砂《すな》のお城《しろ》をつくりはじめました。ほんとうは、砂《すな》のお城《しろ》ではなくて〝砂《すな》の牧場《ぼくじょう》〟です。砂《すな》の牛小屋《ごや》、砂《すな》のブタ小屋《ごや》もつくりました。どれも、すてきにできました。

「ソフィー、楽しんでる？」

お父さんとお母さんに聞かれ、ソフィーはうなずきました。

楽しいね。海でおよぐのはさいこうだし、小さな屋根《やね》うら部屋《べや》も気に入った。

ジョーともなかよくなれそう。それに、あのブン・トイったら!! こんなに何もかもすてきな夏休みは、ないね。

ソフィーは、砂《すな》の牧場《ぼくじょう》づくりをやめて立ち上がり、シッコをよびました。

「海岸《かいがん》をさんぽしてくる。貝をさがすの」

そう言うと、お母さんが言いました。

「あんまり遠くへ行かないでね。見えるところにいてよ」

「オッケー」

と、ソフィー。

それほど歩かないうちに、海岸《かいがん》に大きな岩がつきでているところに出ました。

その岩のむこうにも海水浴客《かいすいよくきゃく》がいて、砂浜《すなはま》にすわっています。お母さんと、お父さんと、女の子が見えます。

近づいていくと、その女の子が立ち上がって、海のほうに走りだしました。すらりとした長い足。あざやかなピンク色の水着《みずぎ》。長い金髪《きんぱつ》をきれいにふたつにゆって、緑《みどり》色のリボンをむすんでいます。

その女の子は、ドーンでした。

ブタぎらいのポニー

もどってきたときのソフィーの顔といったら！　まるで、カミナリさまのようでした。

ちょうどそこへ、ふたごのお兄ちゃんたちが、きょうそうで帰ってきました。ふたりが、自分たちが決《き》めたゴールの線にザザッとすべりこんだので、ソフィーの〝砂《すな》の牧場《ぼくじょう》〟は、あとかたもなくこわれてしまいましたが、ソフィーは、気づきもしませんでした。

「今、だれに会《あ》ったと思う？」

ソフィーは、これいじょうないほど暗《くら》い声で言いました。

「ヒントをくれよ」

と、お父さん。

「学校」

「その顔を見ると、あなたのきらいな人のようね」

お母さんが言いました。すると、

「わかった！」

と、マークが言い、

「おれもわかった！」

とマシューが言って、それから、ふたりそろって、

「ドーンだ！」

「えっ、そんな！」

お父さんとお母さんは、びっくりです。

「当たり。すぐそこの砂浜《すなはま》にいるよ。あのうちのイヤミなママと、イヤミなパパといっしょにね」

と、ソフィー。

「どうして、ママとパパのことまで、ひどく言うの？」

「だって、ドーンの親だもん。わかるよ」

「あなた、あのドーンちゃんに、もう少しやさしくしたらどうなの？　そんなにわるい子でもないと思うわ」

お母さんがそう言うと、

「げげっ！」

と、ソフィー。

ずっとずっとむかしのこと、ドーンは、ソフィーが飼《か》っていたうちでいちばん大きいダンゴムシを、わざとふみつぶしたことがあります。ソフィーはそれを、わすれもしないし、ゆるしてもいないのです。

ふたごのお兄ちゃんたちは、顔を見合わせてから、ニヤニヤわらって、同時に言いました。

「なら、遊《あそ》び相手《あいて》ができて、よかったな」

おこってにらみつけようとしたソフィーの目に、こわれた〝砂《すな》の牧場《ぼくじょう》〟が見えました。

「お兄ちゃんたちったら、ひどいことしてくれるね!! まったく、どじ、バカ、マヌケ! おたんこなす! ワカランチンのアンポンタンだよ!!」

かんかんにおこったソフィーは、お兄ちゃんたちにむかっていきましたが、ふたりはわらいながら、にげていってしまいました。

「そうおこるなよ、ソフィー。お父さんがてつだうから、新しくつくりなおそうよ」

お父さんがそう言っても、ソフィーは、

「新しくつくりなおしたくなんか、ないもん」

「じゃあ、もうひとおおよぎしに行こうか?」

「もうひとおよぎなんか、したくないもん」

「じゃあ、海岸《かいがん》で、シッコと棒投《ぼうな》げして遊《あそ》ぼうか?」

「そんなこと、したくないもん」

「そうか。それならいったい、どうしたいんだい？」

「牧場《ぼくじょう》の家に帰りたい」

「まだ帰らないよ。こんなにいい天気をのがしたら、もったいないからね。今帰るわけにはいかないない」

と、お父さんが言いました。

「ソフィー、さあ、ごきげんをなおして。お昼にしましょうよ」

お母さんに言われても、

「おなかなんか、すいてないもん」

けれど、食べはじめてみたら、やはり、おなかはすいていたようです。みんながごちそうさまをしても、まだ、ソフィーはひとりで食べていました。

ごはんのあとで、マシューとマークは、ソフィーをてつだって、大きな大きな砂《すな》のお城《しろ》をつくってくれました。それから、お城《しろ》にトンネルをほって、海草と貝がらと小石でかざりつけをしました。そしてさいごには、ひろった棒切《ぼうき》れを使《つか》って、砂地《すなち》にこう書きました。

ソフィーのおしろ
たちいりきんし

「あと、シンニュウセイはバッキンですって書いて」

ソフィーがそう言うと、

「シンニュウシャだろ」

と、お父さん。

「シンニュウセイとシンニュウシャ、どっちも。あたしたちの海岸《かいがん》に来たら、ドーンもバッキンだよ」

そう言ったとたん、ソフィーは、いいことを考えつきました。棒切《ぼうき》れをひろうと、大きな岩がつきだしているところへ行き、まだドーン一家がそこにいるといけないと思い、そっとのぞきました。だれもいなかったので、砂浜《すなはま》の上に、大きな字で、こう書きました。

ドーンよ、いえにかえれ

ソフィーは思いました。これを見たら、ぎょっとするよ。だって、むこうはあたしに気がつかなかったもの。あしたの朝、これを見たら、びっくりして、ふるえあがるに決《き》まってる。

ソフィーはきげんをなおし、それからの時間は、楽しくすごしました。けれども、やがて満《み》ち潮《しお》になると、波《なみ》が砂浜《すなはま》に深《ふか》くはいってきて、ソフィーが書いた文字をあらい流《なが》してしまいました。

ベッドにはいるころには、ソフィーのきげんは、すっかりよくなっていました。あれからソフィーは、ブタのブン・トイのエサやりをさせてもらい、ニワトリ小屋《ごや》で卵《たまご》あつめをてつだい、ヒツジにあいさつをして、牛とおしゃべりを楽しみました。

さいごにジョーが、ソフィーを馬小屋《ごや》に連《つ》れていって、ポニーを見せてくれました。あしたからは、ソフィーの乗馬《じょうば》のレッスンがはじまるのです。

ジョーは、囲《かこ》いの戸の上から顔をのぞかせている、灰色《はい》のポニーの鼻《はな》づらをなでながら、ソフィーに話しかけました。

「たぶん、うちのママは、ソフィーのレッスンに、このポニーを使《つか》うつもりだと思う。バンブルビーっていうの。はじめての人むきのポニーなんだ」

「いい顔してるね」

と、ソフィーが言いました。

「年をとったヒツジみたいに、おとなしいよ」

ジョーが、うけあいました。

「このポニーは、年をとったヒツジみたいに、おとなしいのよ」

つぎの朝、バンブルビーの背中《せなか》に鞍《くら》をのせながら、ジョーのママが言いました。

お父さんとお兄ちゃんたちは、海へ出かけました。お母さんは、ソフィーの初《はつ》レッスンを見るために、のこりました。

「このバンブルビーがきらうのは、たったひとつ。それはブタ。だから、うちでは、ブタを飼《か》わないことにしてるのさ。ジョーが飼《か》ってる、あのぶかっこうなブタだけは、べつだけどね」

「どうして、バンブルビーはブタがきらいなの？」

ソフィーが聞きました。

ブタがきらいだなんていう人は、考えなしの人間に決《き》まってる。そうすると、バンブルビーも、考えなしのポニーなのかもしれない。

「ポニーには、かわったくせのあるのがいるんだよ。前に飼《か》ってたポニーなんか、バスがきらいで動《うご》かなくなったっけ。バスが通っただけで、ふるえあがるのよ。ほかにも、門を通るのがこわいポニーもいたね。バンブルビーは、ブタが苦手《にがて》なの。さて、ソフィー、ポニーか馬に乗《の》ったことはある？」

「ないです。でも、あたしは〈女牧場《ぼくじょう》マン〉になって、牧場《ぼくじょう》ケイエイをするから、馬に乗《の》ってカチクの見まわりをする練習《れんしゅう》をしておかないといけないの」

「〈女牧場《ぼくじょう》マン〉って、何？　牧場主《ぼくじょうぬし》のおくさんじゃないの？」

「それも考えてるところ。アンドリューが牧場《ぼくじょう》を持《も》てば、結婚《けっこん》してもいいんだけど。そうじゃなければ、アンドリューとは結婚《けっこん》しない」

「見かけほど、子どもじゃないらしいねえ。それはともかくとして、さて、乗《の》せてあげようか。こわくないね？」

「うん」

ほんとうは少しこわかったけれど、こわいとは言いませんでした。

バンブルビーの背中《せなか》にまたがってみると、なんだかみょうな感じ《かん》がしました。それほど大きくないポニーですが、地面《じめん》からずいぶん高いところにいるような気がします。

ジョーのママは、たづなの持《も》ちかたを教え、あぶみに足をかけるやりかたを教えてくれました。〝つま先を上げて、かかとを下げる〟、それから、背《せ》すじをのばしてすわり、手はおろすこと。

「さあ、そうしたらあとは、おばさんが引きづなを引いてあげるから、しずかにゆっくり歩いてみようね。いい？」

「ちょっと待《ま》って」

ソフィーのお母さんが声をかけ、写真《しゃしん》をとろうと、カメラを出しました。

ずんぐりしたバンブルビーにまたがった、ずんぐりしたソフィー。

「ソフィー、はい、チーズ！」

お母さんにそう言われても、ソフィーは、かたいぼうしをかぶって、かたい顔つきをしているだけでした。

「あのぼうしは、少し小さいようだね。ジョーのぼうしが、ちょうどいいかもしれない」

ジョーのママは、ジョーをよびました。

「ジョー！」

「なぁに？」

庭《にわ》のむこうから、ジョーの声が聞こえました。

「ちょっとこっちへ来てよ。いそいで！」

ジョーは、ブタ小屋《ごや》で、ヴェトナム種《しゅ》のブタのごわごわした背中《せなか》を、かいてやっているところでした。ブタは、丸々したおなかを地面《じめん》につけて、うれしそうに寝《ね》そべっています。

「ここで待《ま》っててね、ブン・トイ。すぐもどるから」

ジョーは、ブタに声をかけて、小屋《こや》からかけだしていきました。そのときに、戸をしめただけで、かけがねをかけませんでした。それで、すぐに戸があいてしまったのです。

外では、ポニーに乗《の》って歩く練習《れんしゅう》が、ようやくはじまりました。バンブルビーを引くジョーのママが先頭で、そのあとに、バンブルビーにまたがったソフィーがつづきます。ソフィーはジョーのぼうしをかぶり、棒《ぼう》のようにかたくなって、まっすぐすわっています。その後ろを、ソフィーのお母さんがついて歩きます。

一行が角《かど》をまがったときです。小さな丸々した、ごわごわした毛の、まっ黒いブタのブン・トイが、うれしそうな鳴き声をあげながらやってきたではありませんか。バンブルビーは、恐怖《きょうふ》のあまり甲高《かんだか》くいなないたと思うと、前足をけり上げて、棒立《ぼうだ》ちになりました。ソフィーは、ふり落《お》とされて、どしんと地《じ》面《めん》へ！

お母さんが、あわててかけつけました。

「だいじょうぶよ、ソフィー！　泣《な》かないで」

「泣《な》かないよ」

と、ソフィー。ソフィーは、泣《な》くのがきらいです。

「ジョー！　あのブタを、早く連《つ》れてって！」

ジョーのママが、おこってどなりました。そして、ソフィーに聞きました。

「どこか、いたくした？」

「ううん」

と、ソフィー。ほんとうは少しいたかったけれど、いたいとは言いませんでした。

「もう、きょうのところは、やめにしたほうがいいんじゃない？」

と、お母さんが言うと、

「いやだ。もう一度《いちど》乗《の》ってみる」

ソフィーは言いはりました。

「おじょうちゃんの言うとおり」

ジョーのママも言いました。そして、そのあとは声をひくめて、

「もう一度《いちど》やるのが、一番。そうじゃないと、もうこわくて乗《の》れなくなるから
ね」

すると、ソフィーのお母さんは、わらって言いました。

「ソフィーにかぎって、それはないわ」

「さあ、それじゃあ、もう一度《いちど》乗《の》ってみようか」

と、ジョーのママが声をかけました。

「その前に、バンブルビーに、ひとこと言ってあげてもいい？」

ソフィーが聞きました。

「もちろん、いいよ」

ソフィーは、とことこ前へまわっていき、灰《はい》色のポニーの頭の高さまで背《せ》の
びをして、鼻《はな》づらをなでてやりながら、

「ねえ、いい？　だから、あたしの言うことを聞いて。もう、〝フにてんてん・タ〟は行っちゃったよ。だから、もうこわがらなくてもだいじょうぶ」

「ちゃんと言って聞かせたほうがいいと思ったんだ。動物《どうぶつ》はたいてい、わかってくれるよ」

もう一度《いちど》ポニーの背《せ》にまたがって、ソフィーがそう言いました。

ジョーのママは、ソフィーのお母さんに言いました。

「まちがいないね。おたくのおじょうちゃんは、すばらしい〈女牧場《ぼくじょう》マン〉になりますとも。さあ、歩いて！」

きょうぼうな、けだもの……？

ソフィーのことばが、バンブルビーにはききめがあったようで、それからあとは、ずっと、ヒツジのようにおとなしく、しずかに歩きました。

その日、お母さんは、大きな鏡《かがみ》の前で、ソフィーが自分の後ろすがたを見ようとくろうしているのを見つけました。

「何やってるの？」

「ジョーのママが、あたしは、いいおしりをしてるって。だから、見てるところ」

お母さんは、わらって、

「それは、ポニーに乗《の》るのがうまいってことよ。ほんとにじょうずだったわ。なかには、ジャガイモぶくろのようだ、とか言われる人もいるのよ。でも、あなたは、すばらしい女騎手《きしゅ》になるわ」

「まだ、子ども騎手《きしゅ》だよ」

と、ソフィー。

「どうだい？　うまく乗《の》れたかい？」

海から帰ったお父さんが聞きました。

「うまく落《お》ちたよ」

と、ソフィー。

「ほんとうに落《お》ちたのよ。でも、もう一度《いちど》やって、ちゃんと乗《の》りこなしたわ」

「それでこそ、ソフィーだ。あきらめずに、やりぬく子だからなあ」


その日から、毎日のスケジュールが決《き》まりました。朝ごはんを食べたら、ソフィーはまず乗馬《じょうば》のレッスン。そのあと、みんなで海岸《かいがん》に出かけます。

ソフィーは、ドーンが来るしんぱいのない、べつの海岸《かいがん》へ行こうと言いましたっけれど、みんなは、はんたい。だって、そこはいちばん近くて、いちばん楽しめる海岸《かいがん》でしたから。それに、もしかしたら、ドーンの家族《かぞく》のほうがべつの海岸《かいがん》に行くかもしれないじゃないの。

もしかしたら、ほんとうにそうなったのかもしれません。だって、ソフィーがお母さんのサングラスをかけ、ひよけ帽《ぼう》をまぶかにかぶって〝へんそう〟したすがたで、毎朝砂浜《すなはま》をさぐったところ、どこにもドーン一家は見えませんでしたから。

「あたしが書いたケイコクを読んだのかもね」

ソフィーはシッコに言いました。

シッコは、これいじょうないほどしあわせそうでした。海辺《うみべ》の夏休みは、何から何まで、うれしいことずくめでした。夜は、ソフィーの部屋《へや》で寝《ね》かせてもらえる（自分のバスケットで寝《ね》るはずでしたが、けっきょくはソフィーのベッドでねむっています）。泊《と》まるところは、すてきなにおいと、楽しい音があふれる牧場《ぼくじょう》で、二ひきのコリーというなかまもいます。それから、海。あの、大きな楽しい天国のような水の中に、かってにはいってもいいし、いつまでおよいでいてもいいなんて！　シッコは、かた目のまわりに、黒い眼帯《がんたい》のようなもようがあるだけに、ほんものの海賊《かいぞく》のように、海がすきでした。

海でのシッコは、たいていは、ずいぶんおぎょうぎよくしていました。けれど、ただひとつだけ、わるいくせがありました。砂浜《すなはま》でボールやフリスビーを持《も》っている人を見ると、そのまん前に立って、ほえずにいられないのです。

シッコが言いたいのは、

「うちの人たちさ、あんまり棒投《ぼうな》げしてくれないの、ワン。だからさ、そのボール（またはフリスビー）投《な》げてよ、ワン。そしたらボク、とってくる。ね、そうやって遊《あそ》ぼうよ、ワン！」

シッコのたのみがわかる人もたまにはいましたが、たいていの人は、「しっしっ。あっちへ行け」と言うか、ソフィーの家族《かぞく》のだれかが気づいてよびもどすかの、どっちかでした。

ところが、夏休みも二週間めのある朝、シッコは砂浜《すなはま》を、いつもより少し遠くまで歩いていきました。すると、あざやかなピンク色の水着《みずぎ》を着《き》て、金髪《きんぱつ》をきれいにふたつにゆって、緑《みどり》のリボンをつけた女の子に会《あ》いました。

ドーンは、砂浜《すなはま》にすわっていました。両親のいる、大きな岩のところから波《なみ》打《う》ちぎわへ行くとちゅうの浜辺《はまべ》です。そこで、人形のシンディーちゃんと遊《あそ》んでいました。シンディーちゃんは、ドーンとおそろいのかっこうをして、金髪《きんぱつ》のゆいかたまでそっくりです。

そこへ、シッコが、ワンワンほえながら走ってきました。

「投《な》げて、投《な》げて。ねえ、それ投《な》げて。そしたら、ボク、とってくるよ、ワン。そうじゃないと、かじるよ、ワン。それ、かじりやすそうだね。ねえ、投《な》げてってば、ワン！」

ドーンは、ふるえあがりました。犬がきらいだというのに、へんにうるさい、海賊《かいぞく》みたいなテリアがどこからか、とんできたのです。おまけに、ほえるたびに、するどい歯《は》がギラリッ。こわくてとびあがって、にげだしました。

シッコは、ますますよろこびました。

「わあーい、追《お》いかけっこだ、ワン！」

そして、まるでゴムまりのように、ドーンとならんで走り、シンディーちゃん人形にかみつこうとしました。ドーンは、泣《な》き声をあげました。

「ママー！　パパー！　たすけてぇ！」

とうとう、つまずいて、ころんでしまいました。

そこへ、ソフィーがやってきました。とことことシッコをさがしに来たのです。そして、ころんだ子どもにシッコがとびついていくのを、見つけました。

それからは、いろいろなことが、いっぺんに起《お》こりました。

シッコが、人形を口にくわえようとむちゅうになっているところを、ピシャ

リとソフィーが平手打《ひらてう》ち。そして、大声でしかりました。

「やめなさい！　わるい子だね！　あっちへ行きなさいってば！」

シッコは走って、あっちへ行きました。

ドーンのママとパパが、娘《むすめ》をすくいにかけつけました。そして見たのは、だいじな娘《むすめ》がどうもうな犬におそわれているのを、背《せ》のひくい、黒い髪《かみ》の、ゆうかんな小さな女の子がすくってくれたシーンでした。

ようやく泣《な》きやんだドーンは、相手《あいて》がソフィーだと気がつきました。ソフィーもドーンだと気づきましたが、そのときのソフィーの顔といったら！

だいっきらいなドーンをたすけるなんて！　ドーンだとわかってたら、かわいそうなシッコをぶったりしないで、はんたいにけしかけてやったのに。だって、あの子はただ、あのいやらしいシンディー人形をかじろうとしていただけだもの。

ソフィーが、遠ざかっていくシッコとなかなおりをしようと、ふりむいたところに、ドーンのパパが話しかけました。

「ゆうかんなおじょうさん、ありがとうございました」

「あたし？」

「そうですとも。あの、きょうぼうな犬から、うちのかわいい娘《むすめ》をたすけてくださいました」

「あの子はそんな……」

と、ソフィーが言いかけたとき、ドーンがママに教えました。

「ほら、ソフィーよ。同じ学校の」

「ソフィーですって！」

ドーンのママは、おびえたような声をあげました。やはり、はじめて会《あ》ったときのことが、わすれられないのです。あのときドーンは、ソフィーのダンゴムシをふみつぶしました。そのしかえしに、ソフィーは、ドーンが持《も》っていたおもちゃのポニーのキラキラアンヨちゃんを、ぐちゃぐちゃにふみつぶしてやりましたから。

「同じ学校なのかね？　そうか、そうか。世《よ》の中はせまいものだ。家からこんなにはなれたところで、近所《きんじょ》の友だちに会《あ》えるなんてなあ！」

ドーンのパパが言いました。

「その子はそんな……」

ドーンとソフィーが口をそろえて言いかけたとき、ドーンのパパがつづけました。どうやら、自分のことばに、うっとりしているようです。

「さてさて、おじょうさん、あなたの行《おこな》いにたいして、わたくしどもは深《ふか》く感《かん》謝《しゃ》いたしておりますぞ。うちのドーンが、あのけがらわしい、きょうぼうなけだものにかみつかれて、大けがをするところだった。あなた自身《じしん》もきけんだった」

「でも……」

と、ソフィーが言いかけると、

「〝でも〟は、なし」

ドーンのパパは、そう言いながらショートパンツのポケットをさぐって、一ポンド硬貨《こうか》を二まいとりだし、ソフィーにさしだしました。

「さあ、これを受《う》けとってください。アイスクリームでもお買いなさい。もう一度《いちど》、心からお礼《れい》を申《もう》し上げる。どうもありがとう」

すると、ドーンのママも、しぶしぶお礼《れい》を言いました。

「ほんとうだわ、ありがとう。ドーン、ソフィーになんて言うの？」

「ありがとう」

ドーンもしぶしぶお礼《れい》を言いました。

ソフィーは、お金《かね》を受《う》けとりました。いったん口をあけて何か言おうとして、またとじました。それから、

「ありがとう」

そう言って、とことこ歩いて家族《かぞく》のところに帰りました。

そのあと、ソフィーがその話をすると、みんなは、おなかをかかえて大わらいでした。

「ドーンのパパが、おまえに二ポンドくれたって？」

と、マシューが大声で言うと、

「ドーンを、シッコからすくったからだって？」

と、マークも大声で言いました。

「シッコは、ドーンにかみつこうとしてたんじゃ、ないのね？」

お母さんに聞かれて、ソフィーが答えました。

「うん。あの、いやらしいシンディー人形を、くわえようとしてただけ」

「もう一度《いちど》聞かせてくれよ。シッコのこと、なんだって？」

お父さんがおもしろがって聞くので、

「あの、ケガラワシー、キョーボーなケダモノって」

ソフィーは、ジッコをだきしめて言いました。

「おまえは、とってもいい子だよ。さっきはぶって、ごめんね」

「〝ヤラセ〟の芝居《しばい》で、お金《かね》をだましとったようなものだ。ほんとは、これは自分の犬だって、あの人たちに言うべきだったな」

と、わらいながらお父さんが言いました。

「あたしの犬じゃないよ。うちのみんなの犬だもん」

「だから、うちの犬だってさ」

「言おうとしたんだよ。でも、聞いてくれなかったの。だから、牧場《ぼくじょう》ちょきんに二ポンド、キフをもらったと思うことにした」

「なるほどね」

と、マシューが言うと、マークがつづけました。

「ごきょうりょく、かんしゃ、だね」

また来るね

あくる日は雨ふりだったので、ソフィーの一家は、いちばん近い町までドライブすることにしました。まず、大きなデパートにはいりました。買いもののためではなく、雨やどりと、中のカフェで何かちょっとおなかに入れるのが目的《もくてき》でした。子どもたちは、エスカレーターで上り下りするのが楽しみでした。

もちろん、ふたごのお兄ちゃんたちとソフィーでは、エスカレーターの乗《の》りかたもちがいました。お兄ちゃんたちは、上りのエスカレーターをわれさきにかけ上がり、下りのエスカレーターをきょうそうでかけおります。ソフィーは、ひとつのステップに乗《の》ったら、きちんと両足《りょうあし》をそろえてじっと動かず、何もしないのに体《からだ》が持《も》ち上がっていったり、下がっていったりするふしぎな感《かん》じを楽しんでいました。

そのうちに、下りエスカレーターをおりきったところで、マシューとマークのふたりが立ち止まり、ふりかえりました。目の前につぎからつぎへとおりてくる、からのステップをじっと見つめています。

「いいこと考えた！」

マークが言うと、

「おれも考えた！」

と、マシューが言いました。すると、

「その考えは、お父さんにもわかったぞ。だめだよ。下りエスカレーターをかけ上がっちゃだめ！　上りエスカレーターを下りるのも同じ。それは禁止《きんし》だし、とてもきけんだからな。やめとけよ」

そう、お父さんが言いました。

デパートの中には、いろいろなかんばんがあります。ソフィーは、こんなかんばんを見かけました。

紳士服《しんしふく》うりば

このときには何も言いませんでした。つぎに、こんなかんばんもありました。

子ども服《ふく》うりば

ソフィーは、そのかんばんを指《ゆび》さして、

「歯のわるい人が、たくさんいるんだね」

「なんで？」

「だって、そこらじゅうで売ってるよ」

「何を？」

「歯だよ。あっちこっちに〝うりば〟って書いてある」

ソフィーのかんちがいに、みんながわらいました。

「ソフィーったら、けっさくね！」

お母さんが、わらいながら言いました。

ソフィーは、〝けっさく〟の意味がわかりません。「あたしのこと、わらうなんて、まったくワカランチンだよ」と、背中《せなか》をまるめてぶつぶつ。でも、カフェでドーナツをふたつと、大きなチョコレートアイスクリームを食べたら、だいぶきげんがなおりました。

「もう、あと三日しかないよ」

コーヒーをかきまぜながら、お父さんが言うと、お母さんも、

「それなのに、まだ、だれにも絵はがきを書いてなかったわ。いつもそうね。もうすぐ家に帰るってときにならないと、思い出さないのよ」

それで、みんなで文房具《ぶんぼうぐ》売り場に行って、それぞれ絵はがきをえらぶことにしました。

ソフィーは、二まいえらびました。一まいは、高地のてっぺんに住《す》むアルおばさんに、もう一まいは、家で待《ま》っているトムボーイとウサギのビーノに。

アルおばさんに送《おく》る絵はがきに、すぐに決《き》まりました。オリーにそっくりの黒ネコの絵のはがきを見つけたからです。けれど、ネコのトムボーイとウサギのビーノの両方《りょうほう》にぴったりの絵はがきなんて、なかなかありません。さんざんさがして、ようやく一まい見つけました。トムボーイのすきな〝ノネズミ〟が、ビーノのすきな〝緑《みどり》の原っぱ〟にすわっている写真《しゃしん》の絵はがきです。

牧場《ぼくじょう》に帰ってから、絵はがきを書きました。

トムボーイとビーノには、たったこれだけ

ソフィーより

「長く書いても、しようがないよ。だって、読めないんだからさ」

アルおばさんには、ずいぶん考えてから、こう書きました。

ぼくじょうにきています。
ポニーにのるれんしゅうをしています。
たのしいです。
あしたジャンプをならいます。
オリーによろしく

ソフィーより

ソフィーの乗馬《じょうば》のレッスンは、じゅんちょうに進《すす》みました。黒ブタのブン・トイさえとびだしてこなければ、バンブルビーはかんぺきでしたから。すぐに、引きづながいらなくなりました。ソフィーはもう、バンブルビーに乗《の》って、止まれ、進《すす》め、まがれ、並足《なみあし》ができます。ゆるいかけ足までも、できるようになりました。

でも、ソフィーには、まだ、やりたいことがありました。りっぱな子ども騎《き》手《しゅ》のジョーが、ポニーのニッパーにまたがって、パドックのコースでみごとにジャンプをしているのを見たからです。ジョーとニッパーは、やすやすとバーをとびこえていました。

「あたしもジャンプができる？」

ソフィーは、ジョーのママに聞いてみました。

「まだ、少し早いね、ソフィー。もし、来年《らいねん》も来れるようなら、そのときにはできるだろうけど」

ソフィーは、すっかりしょんぼりしてしまいました。それを見て、ジョーのママが、こう言ってくれました。

「そうだね、じゃあ、あした、小さなジャンプをやってみようか」

その〝あした〟が、雨ふりの日だったのです。

雨ふりの日の夜、ソフィーはベッドで、つぎの朝のことを考えていました。

あしたは、ポニーに乗《の》って、ただ歩きまわるだけじゃないよ。ほんもののショーガイブツをとびこえるんだから。

「ツバメのように、ひらりとね」

ソフィーは、子犬のシッコに話しかけました。

「なにしろ、あたしのおしりはいいおしりだし、大きくなったら、りっぱな女騎手《きしゅ》になるんだからね。オリンピックで金メダルをとるかもしれないよ」

もし、シッコにソフィーのことばがわかっていたら、こう答えたかもしれません。

「へえ、すごいね。それならボクは、ドッグ・ショーで金メダルだ、ワン」

けれど、シッコはそんなことは言えないので、ただ、ベッドにぴょんととびのっただけでした。そして、ふたりとも寝《ね》てしまいました。


今までの乗馬《じょうば》の時間には、お父さんは、パイプと新聞《しんぶん》を持《も》ってくつろぎ、ふたごのお兄ちゃんたちは、芝生《しばふ》でサッカーボールを追《お》いかけていました。けれど、その日だけは、ソフィーがそうさせませんでした。

「今朝《けさ》は、みんなで見に来てよ。あたし、バンブルビーでジャンプするんだから」

「おまえが、バンブルビーをとびこえるの?」

と、マシューが聞くと、

「ドーンのキラキラアンヨみたいに、ふみつぶすの?」

と、マークが聞きました。

「ふたりとも、ふざけないの。どんなにソフィーが上達《じょうたつ》したか見たら、おどろくわよ」

お母さんが言いました。

やがて、みんながあつまりました。ジョーも、ジョーのパパも。そして、ジョーのママが、ソフィーとバンブルビーの足並《あしな》みをチェックするのを、ぜんいんで見まもりました。

「ふしぎだね。ソフィーは、歩きかたもドタドタしてるし、かけっこだってお兄ちゃんたちみたいにきれいに、速《はや》く走れないじゃないか。それなのに、ポニーに乗《の》るすがただけは、とてもいい」

お父さんが、お母さんに言いました。

ソフィーの乗馬《じょうば》は、見かけだけでなく、実力《じつりょく》もありました。はじめのジャンプは、地面《じめん》に置《お》いたバーをとんだだけでした。けれどもソフィーは、まるで、五段《だん》もバーがある障害物《しょうがいぶつ》を、みごとにとびこえたかのように、とくいげでした。

つぎに、ジョーのママは、バーの下にレンガをつんで、地面《じめん》から三十センチぐらいの高さにしました。それでも、ソフィーとバンブルビーはきれいにとびこえたので、みんなは、さかんに拍手《はくしゅ》をしました。

「よくやったよ、ソフィー」

あとでお父さんがほめると、

「ジョーみたいには、できないけどね」

「そうだな。ジョーは、ずいぶん前から乗《の》っているんだろ?」

「ジョーはいいなあ」

そう、ソフィーが言うと、

「牧場《ぼくじょう》に住《す》んでるから?」

「うん、そう。それに、自分のポニーを持《も》ってるんだもん。ねえ、お父さん、もしかして……」

「ソフィーじょうちゃん、それはだめだ。おまえはネコも、ウサギも持《も》ってるし、それから犬だって、五人で一ぴき持《も》ってるだろう? だから、ポニーは飼《か》えないよ」

「わかった。ちょっと聞いてみたかっただけ」

海辺《うみべ》ですごす夏休みも、さいごの朝になりました。

その日は、すばらしいお天気でした。それまでも天候《てんこう》にめぐまれて、雨ふりは一日だけでしたが、さいごの日は、とくによいお天気でした。雲ひとつなく晴れて、しかも暑《あつ》すぎず、きらきらかがやく海から、さわやかな風がふきわたります。

ソフィーは、さいごの乗馬《じょうば》のレッスンを受《う》けました。そして、地面《じめん》から六十センチの高さに置《お》いたバーを、バンブルビーといっしょにとびこえました。

それから、みんなで車に乗《の》って、海岸《かいがん》へ行きました。海でおよぎ、浜辺《はまべ》で遊《あそ》び、楽しくお昼を食べました。おまけに、どこにもドーンのいるけはいがありませんでした。

午後には、船を借《か》りて、生まれも育《そだ》ちもコーンウォールの漁師《りょうし》のおじいさんが、みんなを海の上に連《つ》れていってくれました。シッコが船から落《お》ちて、たすけてもらうハプニングもありました。

それぞれ釣《つ》りざおを出して、サバ釣《つ》りをしましたが、何も釣《つ》れませんでした。

ソフィーは、ほっとしました。なぜかというと、口に釣《つ》りばりがひっかかった魚は、どんなにいたいだろう、としんぱいだったからです。それに、もしもニシンが釣《つ》れたらこまります。だってソフィーは、ニシンのトマトソース煮《に》がだいきらいでしたから。

海からもどって、浜辺《はまべ》に船をつけると、漁師《りょうし》のおじいさんは、じゅんばんに、ひとりひとりとあくしゅをしました。

ソフィーの番がきました。

「じょうちゃんは、いくつかな？」

「六才」

おじいさんは、にっこりわらって言いました。

「来年《らいねん》の夏にコーンウォールに来るころにゃ、豆《まめ》のつるみたいにすくすくのびてるだろうなあ」

あとでソフィーは、お母さんとお父さんに聞かずにいられませんでした。

「来年《らいねん》の夏にも、コーンウォールに来る？」

「来ようよ！」

と、お兄ちゃんたち。

「来たいわ」

と、お母さん。

「来られたらいいな」

と、お父さんが言いました。

つぎの朝、お父さんたちが車に荷物《にもつ》をつんでいるあいだに、ソフィーはジョーといっしょに、みんなにさよならを言ってまわりました。牛、ヒツジ、ニワトリ、アヒル、ガチョウ、それからブタのブン・トイ、ニッパーと、そのほかの馬とポニーたち。そして、さいごにバンブルビー。

「バイバイね。いい子にして、〝ブにてんてん・タ〟のそばには行かないようにするんだよ。来年《らいねん》また会《あ》おうね」

ソフィーは、灰《はい》色のポニーに、そう話しかけました。

「来年《らいねん》までなんて、待《ま》ちきれないよ」

ジョーにも、そう言いました。

「ソフィーのうちのそばに、乗馬《じょうば》スクールはないの？」

ジョーが聞きました。

「あるといいんだけど」

と、ソフィー。

「レッスンをつづけたほうがいいよ。ソフィーはうまくなるって、ママが言ってた。そしたら、来年《らいねん》はもっとうまくなって、どんなジャンプでもできるようになるかもしれない。よかったら、あたしのニッパーに乗《の》ってもいいよ」

「すごーい。ありがとう。でも、あたしの牧場《ぼくじょう》ちょきんは、十二ポンド六十ペンスしかないの。乗馬《じょうば》スクールって、きっと高いよね」

「お母さんとお父さんに、たのんでみれば？」

「『来年《らいねん》の夏まで待《ま》ちなさい』って言うだけだよ」

ソフィーが聞いてみると、お母さんとお父さんはこう言いました。

「乗馬《じょうば》スクールは高いんだよ。来年《らいねん》の夏まで待《ま》ちなさい」

車が走りだすと、ソフィーは、かなしくなりました。ジョーともおわかれ、ジョーのママ、パパ、それから動物《どうぶつ》たちともおわかれなんて、かなしい。シッコといっしょに、あんなに楽しく犬かきでおよいだ海ともおわかれなんて、かなしい。

そのうちに、いつのまにかねむってしまいました。

目がさめたときには、もう家につくところでした。それから何分もしないうちに、ソフィーはトムボーイの背中《せなか》をなで、ビーノをだきながら、荷物《にもつ》の整理《せいり》をしていました。部屋《へや》のかべにはハナコと、エイプリルとメイと、チビと、ハシカの絵。

そこへ、下からお母さんの声がしました。

「ソフィー！　あなたに手紙がきてるわよー」

ソフィーは考えこみながら、かいだんをおりていきました。手紙って、だれからだろう？

ふうとうにあったのは、おなじみの字でした。スタンプの地名は、スコットランドのドラモホター。

ソフィーは、手紙をひらきました。

ソフィーさま
えはがきをありがとう。たのしいなつやすみで、よかったこと。オリーも、わたしも、げんきです。じょうばのれんしゅうを、しているのね。七十五ねんまえには、わたしもじょうずだったわ。

アルおばさんより

それから、あなたのいえのそばに、よいじょうばスクールがないか、おかあさんとおとうさんに、さがしてもらったら？　レッスンをうけるためにね。クリスマスプレゼントと七さいのおたんじょうびプレゼントに、ちょうどいいでしょ？

うらもみよ

乗馬《じょうば》スクールのお金《かね》なんて、とても出してくれないよ。だって、高すぎるって言ってたもの。読みながらソフィーは、そう思いました。

「〝うらもみよ〟って、どういう意味？」

ソフィーが聞くと、

「〝うらがえして見てください〟よ」

ソフィーは、手紙をうらがえして見ました。すると、

もちろん、わたしからのプレゼントっていうこと。

アルおばさんより

それを読んだソフィーの口から、

「うわあーい！」

と、とびっきり大きな声が、とびだしました。

つづく

著者：ディック・キング=スミス Dick King-Smith
1922年、イギリスのグロスターシャー生まれ。第二次世界大戦にイギリス陸軍の将校として従軍し、戦後は長い間、農業に従事。50歳を過ぎてから教育学の学位を取り、小学校の教師となる。その頃から童話を発表しはじめ、60歳になった1982年以後は執筆活動に専念している。主な邦訳作品に、ガーディアン賞受賞の『子ブタ シープピッグ』、『飛んだ子ブタ ダッギィ』『女王の鼻』『ソフィーとカタツムリ』（以上、評論社）、『かしこいブタのロリポップ』（アリス館）、『奇跡の子』（講談社）、『魔法のスリッパ』（あすなろ書房）などがある。

画家：デイヴィッド・パーキンズ David Parkins
イギリスのイラストレーター。ディック・キング=スミスの『パディーの黄金のつぼ』『みにくいガチョウの子』（ともに岩波書店）などに挿画を描いているほか、絵本『チックタック』（E・ブラウン文／評論社）も出版している。

訳者：石随じゅん（いしずい・じゅん）
1951年、横浜市生まれ。明治大学文学部卒業。公立図書館に勤務ののち、主に児童文学の翻訳に携わる。訳書に『ソフィーとカタツムリ』など。

■評論社の児童図書館・文学の部屋
ソフィーは乗馬がとくい
二〇〇五年三月二〇日 初版発行
●――著者 ディック・キング=スミス
●――画家 デイヴィッド・パーキンズ
●――翻訳者 石随《いしずい》じゅん
●――発行者 竹下晴信
●――発行所 株式会社評論社
〒162-0815 東京都新宿区筑土八幡町二-二一
電話 営業 〇三-三二六〇-九四〇九
編集 〇三-三二六〇-九四〇三
振替 〇〇一八〇-一-七二九四
●――印刷所 凸版印刷株式会社
●――製本所 凸版印刷株式会社
落丁・乱丁本は本社にておとりかえいたします。
商標登録番号 第七三〇六九七号 第八五三〇七〇号 登録許可済

ISBN4-566-01333-2 NDC933 125p. 201mm×150mm
http://www.hyoronsha.co.jp

ディック・キング＝スミス作・やりぬく女の子ソフィーの物語

ソフィーとカタツムリ

デイヴィッド・パーキンズ　絵
石随じゅん　訳

生き物がだいすきな女の子ソフィー。まだ四才だけど、一度決めたら、何だってやりぬきます。心やさしくて、しっかり者、〈女牧場マン〉をめざすソフィーを、あなたもきっと応援したくなりますよ。

123ページ

ソフィーと黒ネコ

デイヴィッド・パーキンズ　絵
石随じゅん　訳

五才になったソフィー。庭にやってきた黒ネコを飼いたくてたまらないのだけれど、お父さんは大のネコぎらい。そこでアルおばさんと相談して……。最後に、ソフィーもびっくりする出来事が……。

139ページ

ソフィーは子犬もすき

デイヴィッド・パーキンズ　絵
石随じゅん　訳

アルおばさんが、ウサギをプレゼントしてくれました。黒ネコや白ウサギと遊ぶソフィーは、しあわせ。でも、友だちの家に子犬が生まれたと知って、お父さんに、「何才になったら犬が飼えるの？」。

157ページ